ZENYANG DANGGE
DA ZHENTAN

怎样当个大侦探

- （英）芭芭拉·米切尔希尔 著
- （英）托尼·罗斯 绘
- 邱 卓 译

语文出版社
·北京·

图书在版编目（CIP）数据

怎样当个大侦探 /（英）芭芭拉·米切尔希尔著；（英）托尼·罗斯绘；邱卓译. -- 北京：语文出版社，2021.6
ISBN 978-7-5187-1257-1

Ⅰ．①怎… Ⅱ．①芭… ②托… ③邱… Ⅲ．①儿童故事－图画故事－英国－现代 Ⅳ．①I561.85

中国版本图书馆CIP数据核字(2021)第079618号

责任编辑	过　超
装帧设计	刘姗姗
出　　版	语文出版社
地　　址	北京市东城区朝阳门内南小街51号　100010
电子信箱	ywcbsywp@163.com
排　　版	北京光大印艺文化发展有限公司
印刷装订	北京市科星印刷有限责任公司
发　　行	语文出版社　新华书店经销
规　　格	890mm×1240mm
开　　本	1/32
印　　张	2.375
版　　次	2021年6月第1版
印　　次	2021年6月第1次印刷
印　　数	1～3,000
定　　价	25.00元

010-65253954（咨询）　010-65251033（购书）　010-65250075（印装质量）

北京市版权局著作权合同登记号：图字 01-2020-5772 号

First published in 2004 under the title of How to be a Detective by Andersen Press Limited, 20 Vauxhall Bridge Road London SW1V 2SA.

Text copyright©Barbara Mitchelhill, 2004

Illustrations copyright©Tony Ross, 2004

All rights reserved.

www.andersenpress.co.uk

This Simplified Chinese edition distributed and published by Language and Culture Press with the permission of Andersen Press Limited.

本书简体中文版由安德森出版有限公司独家授权语文出版社出版发行，简体中文专有出版权经由 Bardon Chinese Media Agency 取得。

第一章

我的名字是达米安·杜鲁斯,我是个超级成功的侦探。你也许听说过我。我在我们那儿破过数不清的案子。

不久之前,我觉得一定有许多和我一样想要成为"犯罪终结者"的孩子。于是我在学校操场上贴了一张告示,上面写着:

达米安·杜鲁斯,知名侦探、顶

级神探，将会在街头进行一次有关如何发现坏人的演讲。

请于星期六早上十点到花园尽头的小木屋处。

需佩戴墨镜。

谢绝迟到。

入场费：薯片一袋。

我选了星期六，因为妈妈那天要上班。她经营一家"私房烹饪无限责任公司"。她负责制作蛋糕和三明治，把它们带去结婚典礼或者别的什么地方。她喜欢忙碌的感觉，我想她如果一直在家里待着，一定会觉得很无聊。

有时我也会去帮她，但这次我不

想去。因为她要为一个花展提供餐饮服务，而我不怎么喜欢花。

"我留在家里做作业，"我说，"我要写篇有意思的历史课小论文。"

我注意到妈妈抿紧了嘴，抬起了眼——我把这叫作她的"怀疑脸"。

"这听起来不像你，达米安，"她说道，"你要搞什么名堂？"

我什么都没说，只是站在那儿，看起来很受伤。这招很有效果。

果然，妈妈说："好吧，就这样。但是你必须待在家里。我会叫隔壁的罗伯逊太太过来坐一会儿，看着你。"

我当然同意了，否则整个星期六都得在花展上刷盘子，听人们谈论化肥和蚜虫。

第 二 章

星期六早上,妈妈装车有点儿晚了。我都快吃完早饭了,她还在厨房内外穿梭,和往常一样匆忙。

"帮我往外搬点儿东西行不行,达米安?"她气喘吁吁地喊道,显得很疲惫。

"好的。"我答道。我放下烤面包,端起了一个巧克力奶油蛋糕——

这是我的最爱。

"别,别动那个!"妈妈边说边把它从我手里抢走,"去端餐具吧。"

我照做了。但她并没有因此变得高兴。虽然我把装餐具的盒子弄掉了,但并没有打碎任何东西啊!我也把所有的刀叉都捡起来了——除了掉进下水道的那些。

终于,妈妈在九点钟的时候开车

走了。这个时间正好，因为很快，来参加侦探学院活动的孩子们就到了。他们在花园小木屋的门口排起了长队。很明显，他们迫切地想要学习如何当侦探。

　　陶德·布朗宁和他的妹妹拉芙排在队伍的最前面，因此他们有座位。

"早到的侦探有贼抓。"我总是这么说（或者别的类似的话）。

我收齐了入场费（总共7袋薯片），在站上水桶发表首次演讲之前，把它们藏在一个盒子里。

"好的，"我说，"我要检查一下你们是否都带了自己的本子和笔。

每一个好侦探都该有这些。"他们都带了。

现在我得让他们信服。我没说话,只是亮出了有关我的新闻剪报。

达米安·杜鲁斯营救导演之女

警方十分震惊,一个名为达米安·杜鲁斯的小男孩,从某国际罪犯手中救出被绑架的导演之女。

达米安·杜鲁斯找回被窃钻石

大明星的钻石项链被一名本地的侦探男孩寻回。在流行歌星泰戈尔·莉莉和足球运动员烈火盖瑞的婚礼上,达米安·杜鲁斯负责看守价值数千镑的礼品。

我能看出来他们都惊呆了。然后，他们开始提问：

"警察不会因为你比他们聪明而抓狂吗？"

"有没有坏蛋给你巨额封口费？"

…………

拉芙·布朗宁——她还只是个小不点儿——问我："当一个粗（出）名的人似（是）什么感觉？①"

"对啊，给我们讲讲！"其他人跟着喊道。

---

① 拉芙年纪小，发音不清，将"出"说成"粗"，"是"说成"似"。本书中，用括号里的字标出正确读音。

但我很谦虚,没有回答这些问题,转而开始讲解我的犯罪侦查理论。毕竟,他们到这儿是来学习的。

"这些是你们最有可能遇到的坏蛋类型。"我边说,边指着墙上自己画的两幅海报。

罪犯类型一

眼间距过近。

（五年级的弗雷斯特先生就是个好例子,之后要留意他）

罪犯类型二

所有长胡子的人(通常为男性);黑胡子的最可疑。

（看看那个新来的马路引导员,他可能不是什么好人,时间会证明一切）

"学生"们有的疯狂在笔记本上记录，有的听得困了，直打哈欠——我上乔纳森先生的数学课就是这样的感觉。

"时刻切记，"我说道，"追踪坏人最好的方法就是保持警惕。"

"我们该怎么做到这一点呢？达米安。"哈里·豪斯曼喊道。

我解释道："假如我们沿着主街走，并且保持警惕，可能就会发现一个坏人。"

"就在我们这条主街？"

"没错。"我说。

"那现在就去吧！"陶德说道。

我摇了摇头，说："今天不行。"

事实上，我想在妈妈回来之前偷偷把薯片吃了。毕竟，我答应她待在家里，并且基本上信守承诺。

"走吧，达米安，"温斯顿·亨特喊道，"你怕什么呀？"

"对啊，"有个女孩大声说，"让我们见识一下——如果你真行的话。"

几乎所有人都这样想。他们太激动了，简直乱作一团。我怎么拒绝得了呢？于是我们出发了。

第 三 章

"记住我对你们讲过的,"当我们到达主街的时候,我说,"留意那些最常见的罪犯类型。需要的话,可以参考你们的笔记。"

我们走过伍尔沃斯商店的时候,拉芙拽了拽我的袖子。

"那边,达米安。看!一个赘(罪)犯。"

一个留着胡子的人正骑着电动车穿过人行道。他的胡子是白的,应该不是坏人。但我不想指出来。

"嗯,"我说,"他可能是,也可能不是。"

容易激动的拉芙十分相信自己的判断。"他就是一个爵(劫)匪,他会抢劫别银（人）然后拿走他们的钱。我能看出来。"

"好吧，好吧。"我说道，"我来教你如何近距离观察，跟我来。"

我用后背贴着墙,拉低帽檐。其他人都学着我的样子。当那个人沿着主街往前骑的时候,我们的眼睛紧紧盯着他。然后,就像拉芙所想的那样——他朝一个正在为慈善募捐的女士骑过去。那个募捐箱里装满了钱!

"他要去挑(偷)钱了,"拉芙说,"我们该怎么办?"

哈里·豪斯曼,我们班块头最大

的男孩，已经等不及要行动了。"别担心，拉芙！我去拦住他！"

他向前冲，跑到骑车男人和募捐女人之间。他停在那儿，将手举到半空中，大喝一声："不准再靠近！"

那个男人看上去吓坏了。他试图转弯躲避哈里，又或许是想逃跑。不管他的计划是什么，都失败了。他的车子翻倒在一旁，人也摔在马路上。他的手再也碰不到募捐箱了。过了一会儿，一大群人把他围了起来。他已

无处可逃了。

这一次，我们干得可真漂亮。

"快走！"我叫着哈里，"永远不要在破案之后留在犯罪现场。"

第 四 章

一切进展顺利,我又想到了一个好主意。

"我想证明一个新理论,"我说道,"你们如果愿意,可以跟我一起。"

"啊,阔(可)以,达米安。"拉芙说,"我们去哪儿呢?"

"图书馆。"我说,"我们可以在别人注意不到的情况下做些人物观察。"

我想验证的理论是：薄嘴唇的人往往是坏蛋，会干偷珠宝、抢银行那种事。我是通过观察本地报纸上刊登的罪犯照片得出这个结论的。去图书馆观察，能让我有机会验证这一观点是否成立。

我们走进图书馆，从书架上拿了几本书，在桌旁坐下。所有人都觉得我们在看书，但我们并没有。我们从书页上方向外瞟，搜寻可疑的人。

我们观察了至少十分钟，拉芙发出细小的声音："嘶嘶嘶！"很明显，她想引起我的注意。

她朝图书馆服务台的方向点了点

头，那边有个身穿皮草大衣、满头金发小卷的胖女人正在取书。"我觉得她就似（是）那种人。"她低声说。

我站起来，侧身溜到桌子对面，其他人也跟了过来。我靠近那个女人，看到她正在借阅一本十分可疑的书，书名是《抢夺》，这是只有专业侦探才知晓的犯罪术语。

这并不是唯一的疑点。这个女人双眼间距很近，藏在眼镜后面的眼神十分狡黠。最重要的是，她的嘴唇薄而紧，四周遍布着细小的纹路。

没错！她就是我"罪犯类型大全"（除了没有胡子）的极好范例。

我转向拉芙，向她竖起大拇指。

在未来的某一天，这孩子将会成为一名优秀的侦探。

不巧的是，图书管理员特拉维斯小姐开始对我们投来打量的目光。我不明白这是为什么，她通常是一个善解人意的人，今天一定是头疼或者什么别的原因。

那个金发女人把书放进皮包里，

准备离开。当她转身朝门口走去的时候，我给了其他人一个"跟上"的手势。但在这个关键时刻，我太不走运了。

"达米安！"特拉维斯小姐喊道，"请你和你的小伙伴在离开之前把书放回去。"

我露出牙齿，给了她一个最真挚

的微笑。

"我们一会儿就去,"我说,"现在我们得去……"

"马上!"她吼道。特拉维斯小姐从来不大吼大叫,这次她显然不怎么高兴。

我们跑到桌子旁,捧起书放回架子上,冲出了图书馆。

主街上全是购物的人。我们跟丢了那个薄嘴唇的女人,一脸迷茫。

"她在那儿!"哈里说。他长得特别高,能从人群上面看过去。"她在那辆白色卡车旁边。"

所幸，这女人的一头金发、皮草大衣，在人群中十分显眼。我们紧跟着她走在主街上——这可不容易，因

为总有人横冲直撞，把我们冲散。

"盯紧她，"我气喘吁吁地说，"我们得搞清她到底要干什么。"

但我们还没来得及跟上她，她便走进了社区大楼。

"我们必须阻止她，"我说，"她可能要去抢劫。"

然而不幸的是，这个时候我撞上了邻居罗伯逊先生。

"嘿！小达米安。"他说着，抓住了我的肩膀，"你在外面干什么呢？你妈妈说你正在家待着呢！"

我无话可说。

"你最好还是跟我回去，"他说，"你妈妈让我老婆看着你，她现在不知道你去了哪里，肯定担心极了。"

我看了看那些即将成为侦探的伙伴们。

"对不起，大家。这边出了点儿意外，我先撤了。"

之后，我们再没看见那个薄嘴唇的金发女人。

第 五 章

妈妈回家的时候,我看得出来她这一天过得不容易,因为她看起来十分疲惫。

"今天我接到了两个电话,"她说,"一个是在伍尔沃斯商店外做慈善募捐的苏·格林斯潘打来的,另一个是图书馆的伊丽莎白·特拉维斯打来的。"

她瞪着我:"你今天上午为什么

跟一群熊孩子在城里撒野？撞倒老人、搅乱图书馆。你能不能让我放心半天，达米安？"

我很讨厌她喊叫，只能试着理解她。但这对于一个需要几句好话和一盘薯片的孩子来说真的很难。

"明天，"她说，"你得跟着我——不管愿不愿意。我要给本地的狗狗秀提供餐饮，我不会再把你留在家里，免得惹更多麻烦。你可以看看那些狗。"

事实上，我喜欢狗。这个狗狗秀应该很酷。

我赶紧给今天上午参加侦探学院活动的孩子们打了电话。

"明天早上十点到市政大厅，上另一节训练课。"我说道，"如果有狗狗的话就带一只过来。"这是个好主意，因为没人会怀疑带着狗的小孩子是便衣实习侦探。

我和妈妈到达目的地的时候，狗狗秀展厅已经人山人海。

我想帮妈妈从货车里搬出食物。

妈妈不算身强力壮，但是她不让我干。

"我自己能行，谢谢你，达米安。"她说，"这样比较保险。"

于是我留她一个人忙活，自己走到看台旁坐下来。陶德和拉芙，带着他们的狗狗卷毛儿，已经到了。很快，温斯顿也牵着闻起来很臭的大个儿走了进来。

"哈里一会儿就到,"他说,"但我觉得其他人不怎么想在星期天参加侦探训练。"

"这是他们的损失。"我说道,"不经过实践,他们永远不会成功。"

这时,拉芙开始躁动不安地拽我的袖子。

"达米安!"她说。"我赞(见)过她。"

"见过谁?"

"就是那个薄准(嘴)唇的金发女人。就是那个想要进涩(社)区大楼的人。"

我拿出墨镜戴上，立刻就进入了侦探状态，并且做好了行动准备。我环顾大堂，仔细观察。

"就在那儿！"拉芙指了指不远处，说道，"她就在圆形秀场的棕（中）间！看！她是柴（裁）判！"

我几乎不敢相信自己的眼睛。那个金发女人就站在那儿，身上戴着一个巨大的玫瑰花配饰。这可是个抓坏蛋的绝佳机会，更别提这可能证实我新想出来的罪犯类型理论。

我列出了这样的计划——

拉芙、温斯顿和哈里要做的：
待在圆形秀场附近；
提防妈妈过来找我。

我要做的：
当嫌疑人离开圆形秀场时跟上她；
记录其犯罪行为；
联络老基特警官；

接受新闻媒体采访。

老基特警官要做的：
逮捕罪犯；
将其送进监狱。

我们都坐在看台上，看那个金发女人为小型犬竞赛作裁判。她看了看第一只狗，然后是下一只。把它们全部看完简直要花上好几年。我真搞不懂为什么她要看这么细，哪只狗最好，是明摆着的事。

当她最终宣布获胜者的时候，我觉得很不公平。那只狗的毛很长，一直拖拉到脚边，脑袋上还绑了一个傻

乎乎的红色蝴蝶结。它的主人是一个叫达尔林普尔少校的人。假如有人在他的头发上（如果他还有头发的话）绑一个蝴蝶结，他会怎么想？

金发女人颁给少校一个银质奖杯和一张证书，便走出了圆形秀场。

"太好了！"我说道，"我要跟着她，看看能不能得到什么有用的线索。"

如果我想报警，还需要更多证据。

"带上卷毛儿一起去，"拉芙说，"她似（是）只优秀的看门狗。牙纸（齿）锋利！"

我耸了耸肩。我并不需要保护，我对危险习以为常。

但是拉芙再三坚持："你可能会遇到很麻烦的勤（情）况。"

为了让她放心，我带上了卷毛儿。

出了展厅，我看到那个金发女人朝茶点室走去。唯一的麻烦是，妈妈也在那儿。

我努力保持清醒。我需要伪装。茶点室旁边有一间小更衣室，我在那里找到了一顶大帽子和一件大衣，它们挺适合我的。现在就连妈妈也认不出我了。

我走进茶点室，把卷毛儿拴在桌腿上，开始观察那个金发女人，并在本子上记录。

金发女人的可疑行为：

茶里加了三勺糖。

喝茶。

打开皮包。

从包里拿出成卷的钞票然后开始数钱！！！！！！！！！！！！！！！

这是不是意味着她已经洗劫了社区大楼？

极有可能！！！！！！！！！！！

我刚写完笔记，便看见妈妈从厨房里走出来。她正端着一块我最爱的巧克力奶油蛋糕。这可叫我难以抵挡——即使最优秀的侦探也需要片刻休息。

我想，要是我低着头走到柜台前，买一块蛋糕，妈妈应该不会发现异样。但是我把卷毛儿忘了。它想要跟上我，便拖着那张桌子往前走，它的狗绳还缠到了一个服务员的腿上。

"喂，你！"他喊道（我觉得这样很没礼貌），"你不能把狗带进来，得把它带出去。"

"卷毛儿可是个小姑娘。"我说道。

我话音刚落，妈妈便往这边瞧。"达米安？"她说，"你在这儿干什么？我不是让你去看狗狗秀吗？"

"抱歉，妈妈。"我说，"我有点儿头晕。我觉得要是吃上一块你做的蛋糕，就没事儿了。"

妈妈看起来并不是很担心我。但不管怎样，她还是切下来一大块蛋糕，放在一个纸盘子里。

"回秀场那边去吧，"她说，"把那坨毛茸茸的东西也带走。"多么刻薄的形容！

"好的，妈妈。"我一手托着放蛋糕的纸盘子，一手牵着卷毛儿走开了。

"还有，看在老天爷的份上，把那件搞笑的大衣脱了！"她在我身后大声喊。她并没意识到我是在伪装，便衣侦察着实不易。

在妈妈和那个服务员各种抱怨的时候，金发女人脱离了我的视线。这可是个重大失误。当我再看向她那桌时,发现她已经走了。也许她怀疑我在监视她,也许她想逃跑。不管怎样,我是不会让她逃脱的。

第六章

我返回秀场时,拉芙再次用她的侦探才能把我吓到了。

她看了看我,说:"我结(觉)得你刚才在吃巧克力蛋糕,达米安。"

她是怎么猜到的?这个小姑娘真是个天才!

遗憾的是,我不得不告诉她,我们的"嫌疑人"把我甩掉了。"一旦他们知道了你在盯着他们,"我说,

"事情就会变得十分棘手。"

拉芙满脸不解。"但那个不似(是)她吗？"她边说边指向看台最后一排座位的后面。那个金发女人正站在那儿，和别人说话。

"你真是有双'千里眼'。"哈里说。

"对啊！"温斯顿说，"干得好，拉芙。"

"真棒！"陶德说。

太兴奋没什么意义,还有真正的侦探任务要完成。我打算行动了。

"好了,"我说,"我要溜到那边。"

"但似(是)他们可能会看赞(见)你,达米安!"拉芙说。

"淡定点儿,拉芙。没人会看见我。需要的话我几乎可以隐身。看好了,学着点儿。"

掌握这项技能需要大量练习。在厨房、学校的走廊、电影院里,我已经练习好几个月了,是时候派上用场了。

我匍匐在地,缓慢地,用身体紧贴地面向前移动,十足的特警队作风。这可不是件容易的事儿。

我花了不少时间才到达那里,那个金发女人还在,和一个看上去很眼熟的男人说话。我是不是很幸运?为了尽可能靠近他们,我躲在一排椅子下面,把耳朵贴在地上听着。

"……没有足够的钱……"

"风险太……"

"……贪……"

"……计划周密……"

我没办法听清每个字,因为卷毛儿跟上了我,并且用它的鼻子拱我的脸。我想把它推开,但它哼哼地闹起来,差点暴露整个行动。

那个女人说的话我并没有听全,但我听到的已经足够了。很明显她是在讨论社区大楼的事。我拽着卷毛儿

起身返回，打算把情况告诉大家。

"他们在策划一桩抢劫案。"我边说边坐下，"我见过那个跟她说话的男人。我觉得他就在社区大楼上班。"

"这是典型的内部作案啊！"温斯顿说。

我点了点头。

"那么他也似（是）个坏段（蛋）啦！"拉芙说，"你得去举（阻）止他们，达米安。"

她很信任我。我得赶紧行动了。

"你的手机借我用一下，拉芙。"我说，"我要给老基特警官打电话。"

第七章

我在电话里给老基特警官留了个口信,言简意赅:"快来逮捕狗狗秀的裁判,她是个危险的银行抢劫犯。"但警察总是行动缓慢。整整一个小时过去了,没有一个人来。

可能是那个接电话的值班警官记录得不对,也可能他还没转告老基特警官。

"奇怪,"我对其他人说,"我还以为他会迅速出现。"

"我不觉得警察会来,"哈里说,"我们没时间了,比赛快结束了。"

哈里是对的。大型犬比赛是狗狗秀的最后环节,我们的"嫌疑人"正准备给获胜者颁发奖杯。再过一会儿,我就得和妈妈回家去,坏人也要逃之夭夭了。

突然,温斯顿从座位上站起来,用手一指:"喂!快看谁得了奖杯,"他说,"是那个在另一场比赛也获了奖的少校。"

温斯顿显然掌握了我所讲的保持警惕这一要领。

"他不是少校,"我边说边看向

圆形秀场,"他是那个女裁判的同伙。他们在策划一起抢劫案,我听见他们商量了。"

"天呐!"温斯顿说,"那我们现在必须行动了,不能再等警察了。"

"我们因(应)该做什么,达米安?"拉芙问道。

我想了想,然后给他们发布指令。这些都是很简单的任务,危险的部分我自己应对。

接着,我跑进了圆形秀场中央。成百上千双眼睛看向了我,但我并不在意。

那个金发女裁判——我们的"嫌疑人",看上去吓呆了。

"走开!"她喊道,"你会把比赛毁了的。"

但我没有动,反而转向了场地中间那些和狗狗站在一起的人们。

"这个裁判是个坏人,"我说道,"她不配颁发奖杯,她是个贼。"

这时，那个金发女人突然冲向出口，还有那个"少校"。这和我预料的一模一样，但我早有准备。我给了我的实习侦探们一个手势，他们马上把狗绳解开，大喊着："快去！去！去！"卷毛儿和大个儿紧追着那两个坏蛋。

"啊啊啊啊啊啊噢噢噢！"那个金发女人尖叫着，被一块地毯绊倒。

"不——""少校"高喊一声，摔倒在金发女人身上。

"汪，汪，汪！"狗狗们大叫着，跳到了二人身上。

参加竞赛的狗狗们也加入其中。它们又喊又叫,四处乱跳。太给力了!

安保人员大叫着跑了过来:"把那些狗弄走,它们太危险了!"

我站在那里看着。又破了一个案子,又一个坏人被惩罚了。但之后的事情并没有按我设想的那样进行。我猛然发现自己被一个魁梧的保安牢牢

按住。我感到十分愤怒。

"你在干什么?"我厉声喝道,"难道你不知道我是谁吗?"

"你就是那个惹了这些麻烦的

人。"他说。

我感到很吃惊。"你应该逮捕的是她！"我说，指着那条从兴奋的狗群中伸出来的腿。

保安有些不知所措。直到老基特警官赶来，金发女人和"少校"还被困在狗群中，大声求助。直到四个警员把那些狗狗拉到一边，那两个坏人才现身，浑身哆嗦，失魂落魄。

"我认罪。我认罪。"那个金发女裁判说道。

嗯，这才是我想听到的。

第二天，本地报纸上又刊登了一则大新闻：

达米安再次出击。赛犬会裁判被移送监狱。

学校里所有的孩子都围在一起,读这则新闻。

"你是个敲(超)棒的侦探!"拉芙说。

"对啊,"温斯顿说,"能抓到那样一个银行抢劫犯。"

被称赞的感觉真不错。

哈里则把那篇报道从头读到尾,一字不落。

"等等,"他读到最后一行的时候说道,"新闻里并没提抢银行的事,也没提社区大楼那些事。"

我耸了耸肩。"所以呢？"

"新闻里说那个男人塞钱给裁判，让他的狗狗赢。"他讪笑一声，放下了报纸，"你只是走运而已，达米安。"

这重要吗？我破了个案子，不是吗？

"如果你喂（问）我的话，"拉芙说，"比赛作弊和抢银行一样坏。难道你不知道？如果狗狗握（获）奖的话，狗主人可以把它们生的小狗狗卖好脱（多）好脱（多）钱呢！"

我当然知道这一点。但我什么都没说，只是点了点头。

之后的那个星期，老基特警官到学校来，说要和我谈谈破案的事。他对我们说，不要做危险的事情；如果我们遇到麻烦，就去找大人。都是些鸡毛蒜皮的事，我听得耳朵都起茧子了。

离开之前，他想和我私下聊聊。我知道他想学一些破案技巧，但这次我只能建议他缩短一下出警时间。

"我给你留了口信，你却花了那

么久才赶到现场。"我说道。

"抱歉,达米安,"他回答,"我以为那是在开玩笑。"

"玩笑?"

"对啊,我不确定那条信息是不是你留下的。"

我无话可说。警察就是这么办事的吗?

现在我已经想出了避免此类失误的对策。我给老基特警官写了封信,大致说明了我关于秘密暗号的主意。这个暗号只有我们两个人知道,我可以随时给他留言,提供可疑人员的情报。这是一个非常好的点子,我觉得他一定高兴极了。

我只需要静候回复。